マオのうれしい日

あんず ゆき・作　ミヤハラ ヨウコ・絵

もくじ

第《だい》1章《しょう》 前足がなくても

第《だい》2章《しょう》　チャレンジ

第《だい》1章《しょう》　前足がなくても

1　二度《ど》目の電話

それは、クリスマスが近づいた、ある朝のことでした。

「ストーブは切ったし、戸じまりもだいじょうぶ……さて、ぼちぼち会社にいく時間かな」

ケイコさんは、ひとりごとをいいながら玄関《げんかん》へとむかいました。

そのとき、

トゥルルル、トゥルルル。

カバンの中の携帯《けいたい》電話が、やさしい音をたてました。

（あ、もしかして）

あわてて電話に出ると、

「おはようございます。ミヤマ動物病院《どうぶつびょういん》です」

それは、まちにまった声。ケイコさんは、いきをつく間もなく、たずねました。

「ミヤマ先生、おはようございます。産《う》まれました？」

「ええ。四ひき、ぶじに産《う》まれましたよ。お母さんのジュリも元気です」

「ああ、よかった。ありがとうございます」

「よかったですね。さっき産《う》まれたばかりなので、くわしいことは、またあらためてご連絡《れんらく》します。では」

「はい、よろしくおねがいします」

ケイコさんは電話を切って、外に出ました。白いいきをはきながら空を見あげると、なんともいえない幸《しあわ》せな気持《きも》ちが、むねの中に広がっていきます。

(あー、うれしい)

一人ぐらしのケイコさんにとって、チワワのジュリは大切な家族《かぞく》でした。

そのジュリが、はじめておなかに赤ちゃんをやどしてから、やく九週間。仕事《しごと》のためずっと家にはいられないケイコさんは、出産《しゅっさん》の時期《じき》が近づいてきたジュリを、なじみの動物病院《どうぶつびょういん》にあずけておいたのです。

ジュリと子犬たちが、いつ帰ってきてもいいように、じゅんびはすっかりできていました。

へやのすみにペットサークルをおき、その中に、パピーベッド(子犬用のベッド)とトイレをおきました。ベッドには、みんながゆっくりりねむれるように、ふわふわのバスタオルがしいてあります。

(明日は休みだから、会いにいけるわ! 子犬たち、かわいいだろうなあ)

ケイコさんは、わくわくしていました。

その夜おそく、ふたたび電話が鳴りました。

「ミヤマ動物病院《どうぶつびょういん》ですが」

おや、こんな時間にまた……。しかも、朝とはちがって、おもい口調《くちょう》です。

ケイコさんのむねが、トクンと音をたてました。

「先生、なにかあったんでしょうか？」

「それがですね、生まれたのはオス二ひき、メス二ひきなんですが、そのうちの……」

「はい」

「メスの一ぴきがね」

「はい」

やっぱり、なにかあったんだ。よくない想像《そうぞう》が頭をよぎります。

出産時《しゅっさんじ》に、赤ちゃんが亡《な》くなるケースもあるということは、ケイコさんも知っていました。でも、まさか――。

ケイコさんは、いきを止めて、先生のつぎのことばをまちました。

「前足がないんですよ」

「えっ」

耳をうたがいました。前足が、ない？

「ないって、どちらの足がですか？」

「左は半分、右はほとんどありません」

「そんな……」

先生は、しずかにつづけました。

「おどろかれたと思いますが、今のところ、ほかの子と同じように元気におっぱいをのんでいますから。とりあえず、ようすを見ましょう」

ケイコさんは心をおちつかせようと、呼吸《こきゅう》をととのえてからいいました。

「わかりました」

「くわしい説明《せつめい》などもありますので、あした、診察《しんさつ》時間をはずしてきてください。順調《じゅんちょう》なら、そのまま退院《たいいん》ということで」

先生のことばが、耳のおくで、ボワンボワンとひびいていました。

その夜、ケイコさんは、前足がないという子犬のことを考えて、なかなかねむれませんでした。

(まだ、どんなじょうたいかわからないのに、心配《しんぱい》したってしようがないんだから)

そう思って目をとじるのですが、もやもやとした不安《ふあん》がつぎからつぎへとおしよせ、たまらず目をあけてしまいます。

ためいきをついては、ねがえりをうち、またためいきをつく、長い長い夜でした。

2　前足のない子犬

この冬はじめての雪が、ちらちらと、まっていました。

ケイコさんは、子犬たちを入れるキャリーバッグをもち、ためらう気持《きも》ちをなだめながら、動物病院《どうぶつびょういん》のドアをおしました。

「こんにちはー」

声をかけると、パタパタと足音がして、診察室《しんさつしつ》からミヤマ先生が顔をのぞかせました。

「ああ、おまちしていました。どうぞ」

「あ、はい」

むねがザワザワさわいでいます。

先生について診察室《しんさつしつ》のおくにすすむと、大きなケージがありました。

その中で、ケイコさんに気がついたジュリが、うれしそうにしっぽをふっています。

おなかのところで、四ひきの赤ちゃんが、ギュウギュウにくっついてねむっていました。

(まあ、なんて小さいの!)

ケイコさんは思わずほほえみました。

「よかったなあ、ジュリちゃん。おうちに帰れるぞ」

先生が、ジュリに声をかけながら、ねむっている子犬の中から一ぴきを手のひらにのせて、そっとさしだしました。

「この子なんです」

ケイコさんは、その子犬の前足に目をやりました。

左は、半分ぐらい足らしきものがありますが、右は、つけねのところに小さな出っぱりがあるだけです。

聞いてはいても、じっさいにそのすがたを見ると、思っていた以上《いじょう》にショックでした。

「先生、この子は……」

（生きていけるんでしょうか。ちゃんとそだつんでしょうか）

ケイコさんは、やっとのことで、いいかけたことばをのみこみました。

先生は、まゆをくもらせ、ケイコさんを見つめます。

「ご心配《しんぱい》はわかります。でも、この子を見ていると、ぼくは強い生命力《せいめいりょく》をかんじるんです。きっとたくましく生きていきますから、そばでささえてやってください」

そういわれても……。ケイコさんは、とほうにくれていました。

（元気にそだったとしても、歩けないだろうし……。どれだけ手がかかるかもわからないのに、そだてる自信《じしん》なんて――）

ケイコさんのむねが、不安《ふあん》でおしつぶされそうになったそのとき。

子犬が、先生の手の中で、フワーッと大きなあくびをしました。

心配《しんぱい》ごとなんて、なにもなさそうな、おだやかで平和《へいわ》なあくび……。

ケイコさんのほほがゆるみました。

「気持《きも》ちよさそうですね」

先生も目を細めています。

「うんうん。この子は、いま、とても気持《きも》ちがよくて、幸《しあわ》せなんですよ。おお、またあくびだ」

「うわあ、全身《ぜんしん》で、うーんって、のびしてますね」

二人で小さくわらって、それから、ケ

イコさんは、かみしめるようにいいました。

「先生、ありがとうございます。この子を見ていたら、なんだか、だいじょうぶな気がしてきました」

「よかった。こまったことがあれば、またいつでもきてください」

先生の丸い顔が、いっそう丸くなりました。


ジュリと子犬たちを家につれて帰って、ケイコさんは、それぞれに名前をつけました。

いちばん体の大きな、うすいベージュのオスはチロル。体のほとんどが黒のオスはフウ。白にところどころ黒い毛がまじっているメスはマリン。

そして前足のない、こい茶色のメスはマオ。

その名前には、ケイコさんのねがいがこめられていました。

(この子が、まっすぐ強く生きていけますように……。真《しん》に生きると書いて、

真生《まお》。マオとよぼう）
まだ目がひらいていないせいか、おたがいの体温《たいおん》に安心《あんしん》するのでしょう。四ひきはいつもくっついていて、
ピーピー、クークー。
高い声でないてはおっぱいをのみ、またねむっています。
そうして、お正月が明けてしばらくすると、マリンの目が、うっすらとひらきはじめました。
マリンにつづくように、あとの子犬も目がひらき、はうようになり、おすわりができるようになり、生まれて三週間がすぎたころには、みんな、よろよろしながら、サークルの中を歩き回れるようになりました。
マオとほかの子犬たちとのちがいが目立ってきたのは、そのころからでした。

3　きょうだいの力

生まれてからしばらくの間は、マオは、おっぱいもしっかりのんで元気に成長《せいちょう》し、ほかのきょうだいとなにもかわりはありませんでした。

サークルの中で、みんなでくっついているうちはもちろん、ちょっと歩くていどなら、半分ある左前足をじくにしてうしろ足ではねれば、どうにかついていくことができていたのです。

ところが、日がたつにつれて、ほかの三びきのうごきがどんどん活発《かっぱつ》になっていくと、差《さ》がはっきりと出てきました。マオはもう、ひっしにはねてもおいつくことができません。

『ねえ、まって。まってよ！』

ビービー、ビービー。

マオがなくと、きょうだいたちは、

『いっしょにあそぼ！』

と、かけてきます。

けれど、かけっこやおもちゃのとりあいがはじまると、やっぱりマオはとりのこされてしまうのでした。

生後四週間をすぎて離乳食《りにゅうしょく》がはじまると、

「ごはんよー」

ケイコさんの声にみんなはとんでいき、食器《しょっき》に顔をつっこんでパクパク食べました。

でも、マオは出おくれる上に、はい

つくばったかっこうでしか食べることができないので、とても時間がかかってしまい、けっきょくさいごはひとりぼっち。

みんながおもちゃのボールをおいかけて、もつれあうように走っていくときも、うごきのおそいマオは、ボールにさわることもできません。

きょうだいたちがはずむようにうごき回るのを、マオはただ、見つめているしかありませんでした。

「ただいまー」

仕事《しごと》をおえたケイコさんが、いそいそと家に帰ってきました。

「みんな、きょうも元気にしてたかな？」

サークルをのぞくと、ジュリとほかの三びきは、ケイコさんの前にあつまって、しっぽをふっていました。ところが、マオはサークルのすみにくっついたまま、うごこうとしません。

「あら、マオ。どうしたの？　こっちにおいで」

声をかけても、近よってきません。

マオの丸い目はまっすぐにケイコさんを見つめていて、それはまるで、

『わたしって、みんなとちがうの？　どうして同じようにできないの？』

そう、うったえているようでした。

（かわいそうに……）

ケイコさんは手をのばし、マオをむねにだきしめました。

「だいじょうぶ。だいじょうぶだからね」

けれど、そういうケイコさんも、じっさいにどうしてやればよいのかわからず、とほうにくれていました。


そんなある日。

サークルの左はしにあるペット用のトイレで、マオがおしっこをしたあとのことでした。

マオは、みんながいるところへもどろうとしたのですが、ベッドのふちがいつもよりもりもりあがっていて、のりこえることができませんでした。

ビービー、ビービー。

マオのなき声に気がついて、ケイコさんがやってきたとき、マオはみじかい前足をベッドのふちにかけ、うしろ足でひっしにはねていました。

ピョン……、ピョン……。

「あらあら」

ケイコさんは手をのばしかけ、でも、あわててひっこめました。

体の大きいチロルが、マオのところにいそいでかけてきて、はねているマオのおしりの下に、鼻先《はなさき》をつっこんだのです。そして、
よっこらしょ！

と、マオの体をおしあげました。マオも、ひっしでジャンプします。

何度目《なんどめ》かでようやくタイミングがあったとき、二ひきはもつれて、ベッ

ドにころがりこみました。

「チロル、すごい！」

ケイコさんは、むねがジーンとあつくなりました。

生まれてからまだひと月ほどしかたっていない小さな子犬が、こまっているきょうだいをたすけるなんて。

まだまだ赤ちゃんなのに、たすけあう気持《きも》ちをもっているなんて。


それからというもの、ケイコさんは、きょうだいたちがどれほどマオを気にかけているか、気づかされてばかりでした。

マオがすみっこでないていると、きょうだいのだれかが『どうしたの？』というふうにかけてきます。そして、マオと口と口をつきあわせて、ガオガオとかみあうようにしてあそんでくれます。

みんながおもちゃであそぶのにむちゅうになって、マオがついていけないときには、お母さんのジュリがそっとよりそって顔をなめてやります。

そのようすはまるで、

『ママは、マオちゃんがだいすきよ』

といっているようです。

（ジュリも、きょうだいたちも、みんなマオを応援《おうえん》しているのね）

これなら、マオはだいじょうぶ。このまま、元気にそだってくれる――ケイコさんはようやく、心からそう思えたのでした。

4　マオは元気いっぱい

子犬たちが生まれてから、三カ月になろうとしていました。

サクラのつぼみがふくらんで、あたたかい風がふくころ、まずフウが、そして一週間後にはチロルが、知りあいにひきとられていきました。

フウがいった先は、ケイコさんの友人、ノブコさんの家でした。ノブコさんは、みんなのお父さん、ソラの飼《か》いぬし。つまり、フウはお父さんといっしょにくらすことになったわけです。

「あーあ、なんだか、さびしくなっちゃったなあ」

にぎやかに走り回っていた子犬たちが半分にへり、家の中はきゅうにしずかになりました。

のこったマオとマリンは、なにをするにも二ひきだけになり、その分、性格《せいかく》のちがいも、はっきりと見えてきました。

マリンはきょうだいの中で、いちばん体が小さくて気も弱く、あまえんぼうです。マオは、体は不自由《ふじゆう》だけれど、とてもやんちゃで積極的《せっきょくてき》です。

朝、ケイコさんが「おはよう！」といってサークルをあけると、マリンはすぐかけてきて、だっこをせがみます。走れないマオは『わたしはママがいいもーん』というように、ジュリの顔をなめ回します。

おもちゃのとりあいは、たいていマリンのかちでした。

マリンはすばやくて、マオはなかなかおいつけません。がっかりしているマオをしり目に、とくいげにおもちゃをくわえて歩いていきます。

でも、マオだってまけていません。マリンがおもちゃからはなれたすきに、おもちゃの上にサッとのっかって、体の下にかくします。

『いーだ。ぜったいにわたさないもんね』

『あっ、かえして、かえして！』

ワオワオ、ガオガオ……。

「いいしょうぶね」

ケンカする二ひきを、ケイコさんはわらって見まもっていました。

サクラの時期《じき》がすぎて、あたたかくなってくると、ケイコさんは、二ひきを外の世界《せかい》になれさせるため、家の庭《にわ》であそばせようと考えました。

動物病院《どうぶつびょういん》のミヤマ先生は、こんなふうにいっていました。

「マオちゃんがじく足にしている左前足の骨《ほね》は、うすい皮《かわ》におおわれているだけなので、コンクリートや土の上を歩くと、キズができてバイ菌《きん》が入ることがあります。ですから、外に出るときは、かならずプロテクターをつけてあげてくださいね」

ケイコさんは病院《びょういん》で、マオの左足用にやわらかい布地《ぬのじ》でプロテクターを作ってもらいました。そして、庭《にわ》でケガをしないように、小石をひろったり、雑草《ざっそう》をぬいたりしてじゅんびをしました。

ポカポカ陽気《ようき》の日曜日。

「さあ、きょうはお庭《にわ》であそんでらっしゃい」

ケイコさんはマオにプロテクターをつけてやり、二ひきをはじめて庭《にわ》に出しました。すると、おくびょうなマリンはあとずさりをして、ケイコさんの足もとからうごこうとしません。

ところがマオは、新しいせかいにきょうみしんしん。やわらかい土の上を、左の前足をじくにして、ピョコン、ピョコンと歩きはじめました。庭《にわ》にうえてあるパンジーやサクラソウのにおいを、かいだりしています。

そのようすに、ケイコさんの口もとがほころびました。

(マオったら、とってもうれしそう。マリンもそのうち、なれるかな)

それから二ひきは、ときどき庭《にわ》であそぶようになり、マリンもしだいにこわがらずに歩き回れるようになっていきました。

そんなある日。

ケイコさんは、二ひきとジュリを庭《にわ》に出したあと、草花の手入れをしながら、のんびりとすごしていました。

ところが、ふと気づくと、庭《にわ》にいるのはジュリとマリンだけ。マオのすがたが見えません。

「あれ？　マオは？」

血《ち》の気がひきました。あわてて花だんの中や草むらなど、庭《にわ》のすみずみまでさがしてみましたが、マオはどこにもいません。

「マオー、マオー。……どこにいったのかしら」

ひたいのあせをぬぐいながら、なきそうになっていると、えんがわの下で、コトンと小さな音がしました。

見ると、マオが、すました顔でそこにいます。

「マオ！　ああ、よかったー」

ケイコさんは、へなへなとしゃがみこんで、そこではじめて気がつきました。マオが、なにか、うすべったいものをくわえているのです。

「マオ、それなに？」

ケイコさんが近づいて、よくよく見てみると――。

なんと、カラカラにかわいたトカゲではありませんか。

「ひゃっ！　マオ、そんなの、すてなさい！」

ケイコさんは思わず大声でそういいました。でも、マオはとってもうれしそう。

『こんなにいいもの見つけたもんねー』

と、とくいげにしっぽをふっています。

ケイコさんは、えんがわにどっかりと腰《こし》をおろしました。

「ああ、つかれた……」

5　おさんぽデビュー

さわやかな初夏《しょか》の風がふくようになりました。

ケイコさんは、庭《にわ》で外の空気や土になれてきたマオとマリンを、おさんぽデビューさせようと思いました。

コンクリートの道路《どうろ》はかたくてマオの足にふたんがかかるので、犬用のカートで三びきを公園までつれていき、やわらかい芝生《しばふ》や土の上をさんぽさせるつもりです。

マリンには赤、マオにはピンクの首輪《くびわ》とリードを買ってあります。

(そうだ。おさんぽ前に、リードにもなれさせておかなくちゃ)

へやの中で、さっそくマリンにつけてみると、赤がとてもにあって、ケイコさんは大まんぞく。ところが、かんじんのマリンは、はじめてつけるリードがこわくて、ブルブルふるえています。

「ほら、歩こうよ」

ケイコさんに声をかけられて、おそるおそる足を出したものの、すぐに止まって、それきり一歩もうごきません。

「あらら、まだこわいのか……。じゃあ、はずしてあげよう」

そうっとリードをはずしてやると、マオが『わたしは？』というように、ヒョコヒョコとそばによってきました。

「よし、こんどはマオの番よ」

そういってつけてやると、マオは、なれないリードもなんのその。リードをひきずったまま、うれしそうにうごき回っています。

「マオはこわくないんだね。すごーい」

おおげさにほめると、マリンがケイコさんのそばによってきました。

『こわいけど、わたしも、つけてみようかな』

どうやら、そんな気分のようです。

（ふふふ。マオにまけたくないわけね）

ケイコさんはわらいながら、マリンにもリードをつけました。

「じゃあ、マリンも歩いてみようか。そうそう、その調子《ちょうし》よ。すごーい」

二ひきともなれたところで、ケイコさんがリードをもって歩いてみます。

「うんうん、じょうずに歩けるね」

さあ、きょうはマオとマリンの、はじめてのおさんぽの日。

ケイコさんは、まず犬用のカートにジュリをのせ、

「ほら、ジュリもいるでしょう。だいじょうぶよ」

と声をかけながら、マオとマリンをのせました。

太陽《たいよう》の光がかがやいて、最高《さいこう》のおさんぽびよりです。

「じゃあ、いきますよー」

ケイコさんはカートをゆっくりおして、近くの公園へ歩いていきました。

三びきは、カートの中から顔を出して、通りすぎていく人や車をキョロキョロと見ています。マオとマリンにとっては、目にするなにもかもが、生まれてはじめて見るものばかり。

『うわあ！』

『あれは、なに？』

小さな子どものように、体をめいっぱいのばして、外をのぞいています。

すれちがう人たちも、そんなようすに目をとめて「あら、かわいい」と、声をかけてくれました。

「気持《きも》ちいいねー」

お天気も風も人も、あたたかい。そんな、すてきな時間でした。

ところが、公園について三びきを草の上におろしてやると、とたんに、まわりの人たちの目がマオにむきました。

「あれ？　あの子犬……」

「まあ、かわいそうに」

ひそひそと話している人がいます。

木かげから首をのばして見ている人もいます。

これまで、家にたずねてくるのはケイコさんの知りあいか、ご近所《きんじょ》の人だけでした。

みんな、マオに障《しょう》がいがあることを知っているので、ほかの二ひきと分けへだてなく接《せっ》してくれます。

（まさかマオが、こんなふうに見られるなんて……）

ケイコさんは、くちびるをかみました。帰ろうかとも思いました。

でもマオは、みどりの草の上をヒョコヒョコ歩き、クンクンにおいをかいでみたり、コロコロところげ回ったりしてごきげんです。

それを見て、ケイコさんは思い直しました。

（ううん、マオがこんなによろこんでいるんだもの。人の目なんて気にしないでいよう）

そう、なにより大切なのは、マオの気持《きも》ち。

人の目ではありません。

6　はじめてのトレーニング

おさんぽにもなれてきたある日。

ケイコさんは、ジュリをトレーニングしてくれたトレーナー（訓練士《くんれんし》）、ダンディさんのお店に、マオとマリンをつれていきました。

お店のドアをあけると、

「いらっしゃい」

赤いメガネをかけたダンディさんが、にっこりほほえみました。

ちなみにダンディさんは、外国の人ではありません。犬のシャンプーやトリミングもしているこのお店の名前が「ダンディ」なので、みんな、そうよぶのです。

じつは、ケイコさんは数日前に、マオのことをダンディさんに相談《そうだん》して

いました。

そのとき、ダンディさんは、さらりといったのです。

「障《しょう》がいがあっても、だいじょうぶですよ。つれてきてください」

そんなわけで、マオもいっしょに、ここで「スワレ」「フセ」「マテ」「オイデ」など、基本的《きほんてき》なことをしつけてもらうことにしたのでした。

「マオとマリンです。よろしくおねがいします」

ケイコさんは、二ひきをカートからおろしました。

ダンディさんは、しゃがんで、二ひきの頭をかわりばんこになでました。

「おお、小さいなあ」

「よしよし、だいじょうぶだよ。こわくないからね」

そういいながら、二ひきのようすをじっくりと見ています。

はじめて会った知らないおじさんに見つめられて、マオとマリンは小きざみにふるえています。

「マリンはこわがりなんですけど、マオは活発《かっぱつ》で」

「うんうん」

「マオは、たいていのことは、マリンと同じようにできるんです」

「うんうん、そうみたいだね」

ダンディさんはしゃがんだまま、まだ二ひきを見ています。

マリンは、不安《ふあん》そうにケイコさんの足もとにくっつきました。マオは、ゆかにあごをぺたんとつけて、目だけ、キョロキョロとうごかしています。

そのとき、お店のドアがあいて、おきゃくさんが入ってきました。

「いらっしゃい。ちょっとまってくださいね」

ダンディさんが声をかけると、

『なになに？　だれかきた？』

マオが、ゆかにつけていたあごをくいっともたげ、はずみをつけて、一《いっ》瞬《しゅん》、うしろ足で立ちました。

「おや。いま、あごで、うまく反動《はんどう》をつけて立ちましたね。よく、こんなふうにやっているんですか？」

「そうなんです。マオは、いつも頭がひくいところにあるから、気になるものがあるときは、いまみたいにして、立って見ようとするんです」

「そうですか」

ダンディさんは、マオをだきあげ、背中《せなか》をなでながらいいました。

「この子、うしろ足を強くしてやりましょうか」

「え？　うしろ足を強くする？」

「そうです。うしろ足で、しばらく立っていられるくらい筋力《きんりょく》がついたら、この子も、ずいぶん楽だと思いますよ」

ケイコさんは大きくうなずきました。

「マオが、少しでもくらしやすくなるなら、ぜひおねがいします」

こうして、マオとマリンは、毎週土曜日と日曜日に、ケイコさんにつれられてダンディさんのお店に通うことになりました。

「さあ、はじめようか！」

ダンディさんのひと声で、二ひきはピシッとうごきを止め、そろってダンディさんを見あげます。

「フセ」や「マテ」などの基本的《きほんてき》なうごきのほかに、マオには、うしろ足を強くするためのトレーニングもくわえられていました。

それはどんなトレーニングかというと――。

まず、マオの鼻先《はなさき》におやつを近づけ、自分から立つようにさそいます。そのとき、「アップ（立て）」と声を出し、「アップ」ということばと、「立つ」という動作《どうさ》をあわせておぼえさせます。

つぎは、立っている時間を少しずつ長くしていきます。ダンディさんは、はばの広いぬのを輪《わ》にすると、マオのおなかをささえるように体に通して、リードをつけました。「アップ」の声で立ったマオが体をおろそうとした瞬《しゅん》間《かん》に、リードをひいて、立ったままでいることを学ばせるためです。

さいしょはほんのわずかな時間、それから五を数える間、つぎは十……と、だんだんのばして、うしろ足の筋力《きんりょく》をきたえていったのです。

あっという間にひと月がすぎました。トレーニングは、きょうでおしまい。

ケイコさんが、マリンから少しはなれて、きりりとした声でよびかけました。

「オイデ」

マリンは、ケイコさんのもとへといそぎます。

ケイコさんはおやつをとりだすと、マリンの目の前におきました。

「マテ」

マリンは、おやつを見て、ケイコさんを見て、またおやつを見て、それでも食べるのをがまんしています。まだ、まだ、まだ――。

「ヨシ」

マリンは、すぐさま、おやつをパクッ。

「マリン、えらいね！」

ケイコさんは、マリンの頭をなでました。つぎはマオの番です。

「マオ、アップ（立て）」

マオがあごで反動《はんどう》をつけ、スッと立ちあがります。少しの間、立ったままでいて――、

「ヨシ」

マオがすわりました。さらに、おやつを鼻先《はなさき》にさしだして、

「マテ」

マオは、おやつに鼻《はな》がくっつくほど顔を近づけてまちます。

「ヨシ」

いそいで、おやつをパクッ。

「うわあ、マオも、えらい！」

「ね、ばっちりでしょう」

ダンディさんが、となりでむねをはりました。

「じゃあダンディさん、ほんとうにありがとうございました」

「マオ、マリン、元気でな」

ダンディさんが手をあげました。二ひきはカートから首を出し、ダンディさんを見つめています。

夕陽《ゆうひ》が空をそめる中、ケイコさんは歩きだしました。

なんだか、心の中までポカポカと、オレンジ色にそまってしまいそうな、そんな気がする夕ぐれでした。

第《だい》2章《しょう》　チャレンジ

1　自由《じゆう》に歩けたら

それから、おだやかな日々がすぎていきました。

マオとマリンが生まれて、もうすぐ三年になろうとしています。

「さあ、おさんぽにいこうか」

そうひと声かけて、玄関《げんかん》にむかうと、犬たちは大はしゃぎ。ケイコさんは、ジュリとマリンにリードをつけました。

「はい、マオはこっちね」

マオをリュック型《がた》のキャリーバッグに入れ、みんなそろって、公園に出発《しゅっぱつ》です。

マオは家の中では、ほかの二ひきと同じようにくらせていました。

この子は生きていけるのかしら――生まれたとき、そう心配《しんぱい》したのが、うそのようです。

けれど、おさんぽのときだけは、ほかの二ひきと同じようにとはいきません。ジュリとマリンが楽しそうに歩いていても、マオはリュックの中。

ときどき、

『あれはなにかな？　おりて、見にいきたいな』

というように、リュックの中でモゾモゾしていますが、公園につくまで、おろしてあげることはできません。

そんなとき、ケイコさんのむねは、ちくりといたみます。

（でも、こればっかりは、どうしようもないのだから……）

マオは元気に生きている。ケイコさんは、それだけでじゅうぶんだと思うようにしていました。

ある日、みんなで公園へむかっていると、車いすにのった人が、横断歩《おうだんほ》道《どう》をわたっていました。

ならんで歩いている人は友だちでしょうか。笑顔《えがお》で話をしています。

（そういえば……）

ケイコさんは、ふと思いだしました。

マオたちが生まれるずっと前のことで、すっかりわすれていましたが、車いすでおさんぽしている犬を見たことがあるのです。

（そうだ、もしかしたら！）

ケイコさんはいてもたってもいられず、公園から帰ってすぐ、インターネットで犬用の車いすについてしらべてみました。

（うわあ、いっぱいある！）

むねがおどりました。いろんなウェブサイトがあり、写真《しゃしん》もたくさんのっています。どれを見ても、車いすをつかっている犬の表情《ひょうじょう》がとてもいいの

です。

(きっと、うれしいんだろうなあ。ようし、マオにも)

ところが、画面《がめん》をつぎつぎ見ていくうちに、はたと手が止まりました。

(あれえ? どれも、うしろ足が不自由《ふじゆう》な犬用だわ)

でも、見たサイトが、たまたまそうだっただけかもしれません。うしろ足用があるなら、前足用もあるはず——。

(あした、ミヤマ先生に聞いてみよう)

ミヤマ先生ならきっと、いいアドバイスをくれるにちがいありません。

翌日《よくじつ》、診察室《しんさつしつ》に一人で入ってきたケイコさんを見て、先生は首をかしげました。

「おや、きょうはワンちゃんは、いないんですか?」

「あ、はい。仕事《しごと》帰りに、そのまま」

「なにかありましたか？」

ケイコさんは、思い切ってたずねました。

「あのう、先生。わたし、マオに車いすを作ってやりたいんですけど」

先生は、ほわっとほほえみました。

「なるほどねえ、車いすですか」

「はい。でも、ネットでしらべてみたら、前足用の車いすは、ぜんぜんのっていなくて」

「うーん。たしかに、前足が不自由《ふじゆう》な犬の車いすは、あまり聞きませんね。おそらく、作っても犬自身《じしん》がつかいこなせないからなんでしょう」

「どうしてですか？」

「犬の前足には、地面《じめん》をけって前進《ぜんしん》し、方向《ほうこう》をきめるやくわりがあります。だから、うしろ足用の場合は、車いすが前足のうごきについていくだけなので、わりとかんたんにつかいこなせるんです。ほら、電車でも、先頭の車両《しゃりょう》がすすめば、うしろの車両《しゃりょう》もついていくでしょう？」

「ああ、たしかにそうですね」

「でも前足用の車いすの場合、犬はうしろ足で立って、車いすをおしながら歩いていくことになります。それがむず――」

ケイコさんは、思わず話をさえぎりました。

「じゃあ、もしマオに車いすを作ってやったら、マオは、うしろ足で立って車いすをうごかすことになるんですよね？」

「そうですね。それだけでも、かなりのトレーニングが必要《ひつよう》でしょう」

ケイコさんの声に、はずみがつきました。

「先生。じつはマオはトレーニングをうけて、少しの間なら、もう、うしろ足で立つことができるんです」

「へえ。それはすごい。それなら、可能性《かのうせい》はあるかもしれませんね。まずはトレーナーの方とよく相談《そうだん》をされてはいかがですか」

「はい、そうします。ありがとうございます」

「あと、ほんとうに車いすを作るとなったら、犬専門《せんもん》の整形外科医《せいけいげかい》がいますから、相談《そうだん》されるといいでしょう」

「えっ、整形外科《せいけいげか》ですか？　わかりました、いってみます」

先生は、うなずくケイコさんを見つめ、念《ねん》をおすようにいいました。

「でも、さっきもいったように、じっさいには、とてもたいへんなことだと思いますよ」

その目はしんけんで、笑顔《えがお》はありません。

（そうかあ……そんなにむずかしいんだ）

むねの中いっぱいにふくらんだふうせんが、クシュンと、しぼんでいくようでした。

たしかに、マオはうしろ足で立つだけでも、週に二回、一カ月間のトレーニングが必要《ひつよう》でした。それが、車いすをつけて歩くとなると……。

（トレーニングばかりでは、かわいそうかな。むずかしいなら、もういまのままでいいかな……）

心のふりこが、あきらめるほうに大きくふれていきました。

（とにかく、ダンディさんに相談《そうだん》してみよう。ダンディさんがむりといったら、車いすはあきらめよう）

数日後、ケイコさんがダンディさんに車いすの話をすると、ダンディさんも先生と同じことをいいました。

「前足用の車いすは、作ることはできても、犬自身《じしん》がつかいこなせないみたいですよ。ぼくは、成功《せいこう》したって話、聞いたことがありません」

やっぱり、と思いました。じゃあ、しかたがないな、とも思いました。

じっさい、マオは家にいれば、なにもこまることはありません。

ちょっとゆめを見ただけ――。

ケイコさんは、あきらめるつもりでいいました。

「そんなにむずかしいんなら、むりですね」

ところが、ダンディさんは「いやいや」と、首をよこにふりました。

「前のトレーニングのときにわかったんですけど、マオは、新しいことにチャレンジするのがだいすきなんですよ。すごく積極的《せっきょくてき》で、好奇心《こうきしん》もおうせいだし。マオなら、がんばれるんじゃないかなあ」

「えっ!?」

ケイコさんは、びっくりしました。

「でも、さっき、けっきょくはつかいこなせない、って」

「そうですよ。ぼくが知っているかぎりではね」

そういうとダンディさんは、メガネをはずして、顔をごしごしこすりました。

「ところで、ケイコさん。なにかをがんばっている人を見たとき、どんな気《き》持《も》ちになります？」

「どんな気持《きも》ち？　そうですね、がんばれーって応援《おうえん》したくなりますね」

「じゃあ、結果《けっか》は？　しっぱいしたら、気持《きも》ち、かわりますか？」

「いいえ。がんばったこと自体がすばらしいと……」

「そうでしょう？」

ダンディさんは、メガネをかけ直して、真顔《まがお》になりました。

「マオも、同じじゃないでしょうか」

「あ、はい」

「マオが選手《せんしゅ》で、ぼくがコーチだと思ってください。ぼくたち、名コンビだと思いますよ」

赤いメガネのおくで、その目が、やさしくわらっています。

ケイコさんは、心をきめました。

「わかりました。わたし、マオを応援《おうえん》します！」

2　新しいくらし

マオは、しばらくの間、ダンディさんにあずけられることになりました。

なぜなら、うしろ足をさらにきたえるトレーニングも、マオの体にあわせた車いすの製作《せいさく》も、その場にマオがいなければできないからです。

「マオ。さびしいと思うけど、がんばってね」

あずけるとき、ケイコさんはマオのようすを心配《しんぱい》しながら見ていました。

でも――。

「おお、マオちゃん。ひさしぶり！」

ダンディさんがマオをだきあげると、マオは、ちぎれるほどしっぽをふって、その顔をペロペロとなめました。さすが、陽気《ようき》なマオ。ケイコさんはひと安心《あんしん》です。

「まあ、ようすを見ながら、やっていきますよ」

「はい。よろしくおねがいします」

ケイコさんはマオをはげますように、小さな頭をスルスルとなでました。

「さあ、マオ。いっしょに帰ろうか」

夜、お店のシャッターを下ろすと、ダンディさんは、マオをそっとだきあげました。

（まずは、ぼくを信用《しんよう》してもらわないと）

今回のトレーニングでいちばん大切なのは、そこだと思っていました。

そのためには、いっしょにくらすのがいちばん。というわけで、ダンディさんは、マオを自分の家につれて帰ったのですが――。

じつはダンディさんは、見た目がちょっとこわそうな、アンという名の犬を飼《か》っていました。

アンは、アメリカンブリーという犬種《けんしゅ》で、体ががっしりと大きく、お店では『ここでは、わたしがボスだからね』とばかりに、のしのしと歩いています。

もちろん、ダンディさんの家でもわがもの顔。ダンディさんは、アンの目の前にマオをおいて、

「なかよくたのむよ」

といいましたが、マオは、たまったものではありません。こわがって、へやのすみへ、すみへと、にげていきます。

ところが、アンはマオが気になってしかたがありません。

クンクン、クンクン。

鼻先《はなさき》をマオの体の下に入れ、ちょん、とおすと、前足のないマオは、あっけなくコロンところがりました。それでもおきあがって、ひっしににげますが、アンは一歩か二歩でマオにおいつき、また鼻先《はなさき》を近づけます。

クンクンクン。ちょん。

マオは、また、あっけなくころがって――。

「こら！　アン！」

ダンディさんの大声に、アンのうごきがぴたりと止まりました。

そのすきに、マオはダンディさんのうしろにかくれます。

ハア、ハア、ハア、ハア。

ダンディさんは、こわくてふるえているマオの体をだきしめました。

「だいじょうぶ。アンは見かけはこわいけど、とってもやさしいやつなんだ。なれたら、きっといい友だちになるよ」

そのことばは、ほんとうでした。

ダンディさんにしかられたあと、アンは二度《ど》とマオをこわがらせるようなことはしませんでした。

反対《はんたい》に、マオはもち前の好奇心《こうきしん》を発揮《はっき》して、アンのごきげんを見ながらそろそろと近づいていくようになりました。

もちろんアンはおこりません。するとマオは調子《ちょうし》にのって、ねているアンの背中《せなか》に、ピョン。アンの背中《せなか》がブニュブニュゆれるのが、マオにはたまらなくおもしろいようです。

アンは、ごはん中にマオが食器《しょっき》に顔をつっこんできても、おこるどころか、

『どうぞ。食べたいだけ食べていいよ』

というふうに、自分がその場をはなれます。

(ほかの犬が同じことをしたら、歯《は》をむいて、おこるのになあ)

これには、ダンディさんもびっくりしました。

ダンディさんはトレーナーとして、長い間、犬とかかわってきました。

犬はほめられれば、しっぽをふって、いかにもうれしそうな顔をします。しかられたら、シュンとして、もうしわけなさそうな顔になります。かな

しかったり、はらを立てたり、おそれたり、いろんな感情《かんじょう》を目やしぐさでつたえるのです。

たくさんの犬との出会いを通して、犬の感情《かんじょう》については、すっかりわかっているつもりでした。でも、そんなダンディさんでも、アンのマオにたいするやさしさは、これまでに経験《けいけん》したことのないものでした。


「マオ、アップ（立て）」

トレーニングがはじまりました。

ダンディさんの声に、マオがあごで反動《はんどう》をつけてうしろ足で立ちます。

「おお、いいね。もう少し、もう少し……はい、OK《オーケー》！」

ダンディさんはマオをほめて、チーズを一かけ、口に入れてやりました。

マオは、それをパクリと食べて、「アップ！」の声に、また立ちあがります。

立てる時間がだんだん長くなると、

「つぎは少しずつ歩いてみようか」

ダンディさんは、チーズを見せながら、マオがうしろ足だけで歩くようにさそいます。一歩、二歩、もう一歩。

「そう、その調子《ちょうし》」

いつの間にか、アンもやってきて、

『マオちゃん、がんばって』

そんな顔で見まもっています。

マオのうしろ足は、つっかえそうになりながら、それでも一歩、また一歩とすすみます。

ダンディさんが、パンパンと手をうちました。

「よーし、きょうはおわろう。よくがんばったな！」

3　車いすを作ろう！

　そのころケイコさんは、犬の整形外科医《せいけいげかい》をさがして、知りあいに聞いたり、インターネットでしらべたりしていました。

　すると、前から通っていた茶道教室の先生が、整形外科専門《せいけいげかせんもん》の獣医《じゅうい》さんを教えてくれたのです。

　ケイコさんは、はやる気持《きも》ちをおさえながら、教えてもらった病院《びょういん》に電話をかけました。

　その獣医《じゅうい》さんは、わかい女性《じょせい》でした。

「なるほど、犬の前足用の車いすを作りたいということですね」

「はい、そうなんです」

「診察《しんさつ》をしてみないとなんともいえませんので、一度《ど》ワンちゃんをつれてきてください」

「はい、よろしくおねがいします」


土曜日。ケイコさんは、マオをダンディさんからあずかって、アヤコ先生という、その獣医《じゅうい》さんをたずねました。

アヤコ先生は、犬やネコの整形外科専門医《せいけいげかせんもんい》でした。近年、ペットを家族《かぞく》のように大切にする人がふえ、人間をみるお医者《いしゃ》さんと同じように、犬やネコを専門《せんもん》にみる整形外科《せいけいげか》や神経外科《しんけいげか》などのお医者《いしゃ》さんがふえているそうです。

(犬にも整形外科《せいけいげか》があるなんて、知らなかったわ。でも、専門《せんもん》のお医者《いしゃ》さまにみてもらえるのは安心《あんしん》ね)

ケイコさんは、アヤコ先生が手ぎわよくマオのレントゲンをとるのを、感心《かんしん》しながら見ていました。

マオの診察《しんさつ》がすむと、アヤコ先生がいいました。

「うん、とくにわるいところはありませんね。車いすにチャレンジしても、だいじょうぶだと思いますよ」

「ほんとうですか？　ありがとうございます！」

「こちらで、犬の車いすを作っている人をしょうかいすることもできます」

「わあ、うれしい。ぜひおねがいします！」

「ただ、前足用の車いすなので、作ってからのれるようになるまでは、時間がかかると思いますが」

「はい、それはもちろん、トレーナーさんに相談《そうだん》しながらすすめます」

思っていたよりもスムーズに話がすすみ、ケイコさんは大よろこびで、ダンディさんのところにマオをつれてもどりました。

こうして、アヤコ先生と、車いすの専門家《せんもんか》のミナミさん、そしてダンディさんの三人が力をあわせて、マオの車いすを作ることになりました。

つぎの土曜日《どようび》、ケイコさんはマオをつれて、アヤコ先生の病院《びょういん》にいきました。

アヤコ先生とミナミさんで、マオが使《つか》いやすい車いすを作るため、マオの体のサイズをあちこちはかります。首元からしっぽまでの長さ、腰《こし》からうしろ足の肉球《にくきゅう》までの高さ……。

「いやあ、小さいですねえ」

ミナミさんが、思わず声をあげます。

「マオちゃんは、チワワでも小柄《こがら》なほうですからね」

アヤコ先生もうなずきながら、計測中《けいそくちゅう》、マオが動《うご》かないように、そっと体をささえています。

ミナミさんがメジャーをおいて、にっこりとわらいました。

「よし、車いす作りに必要《ひつよう》なデータはそろいました。ケイコさん、今度《こんど》はぼくが、試作品《しさくひん》の車いすをもってダンディさんのところへいきます」

「よかったですね。マオちゃん、がんばってね！」

アヤコ先生が、マオの頭をそっとなでました。

「はい、ほんとうにありがとうございました」

ケイコさんは、むねがいっぱいです。


数日後、ダンディさんのお店に、ミナミさんが試作品《しさくひん》の車いすをもってやってきました。

車いすは、体の小さなマオにあわせて、できるだけかるくするため、ラジコンカーの部品《ぶひん》をつかっています。

前足のかわりには、前輪《ぜんりん》が二つ。どの方向《ほうこう》にでもむきをかえられる車輪《しゃりん》です。後輪《こうりん》は体が安定《あんてい》するように、前輪《ぜんりん》よりも大きくて、はばの広いものをえらびました。

前輪《ぜんりん》と後輪《こうりん》をつなげて体をささえる大切なフレームは、いちばんかるいアルミ製《せい》にしました。

これらを組み立てて作られた車いすに、ダンディさんが工夫《くふう》をかさねます。

前輪《ぜんりん》の上には、マオが上半身《じょうはんしん》をのせるシートをつけ、小さな体がシートの上でずれてしまわないように、はばの広いマジックテープで胴《どう》の部分《ぶぶん》をとめられるようにしました。

また、マオがいたくないよう、フレームにやわらかいウレタンフォームをまきつけたり、うしろ足でけったときの推進力《すいしんりょく》が車いすにつたわりやすいように、マオにベストをきせて、ベストと車いすをひもでつなげたりと、考えられる工夫《くふう》はすべてとり入れてみました。

「よし、これでどうかな」

ダンディさんは、ようやくできあがった車いすに、マオをのせてみました。

ミナミさんもしんけんな表情《ひょうじょう》で見まもります。

はじめての体験《たいけん》に、マオは目を大きく見ひらいて、ふるえています。

「だいじょうぶだよ。マオ、だいじょうぶ」

声をかけても、マオはこわくて、それどころではないようです。

「いやか。じゃあ、おろしてあげよう」

ダンディさんは、車いすからマオをおろしました。

ここでむりをしたら、マオはこの先ずっと、『車いすはこわい』と頭にやきつけてしまうでしょう。

だから、ゆっくり。むりはしません。

「ごくろうさま。これからは、マオがこの車いすをのりこなせるように、ぼくがじっくりとトレーニングをしていきますよ」

「はい、また調整《ちょうせい》の必要《ひつよう》があればよんでくださいね」

ミナミさんは、マオの頭をなでてから、帰っていきました。

さあここからは、ダンディさんとマオががんばる番です。

さいしょのうちは、ちょっとのせては、すぐにおろし、また時間を空けてからのせて……それをくりかえしました。そのうちに、マオは、こわがらずに車いすにのっていられるようになりました。

「さて、ちょっと歩いてみようか」

ダンディさんは、マオを車いすにのせ、少しはなれてマオをよびます。

「マオ、オイデ！」

マオがダンディさんのそばにいこうと、うしろ足をけりました。

（いいぞ！）

ダンディさんは、体をひくくして、マオの足もとを見つめます。

ところがそのとき、マオがうごいた反動《はんどう》で、車いすの前輪《ぜんりん》がくるりと回り、全体《ぜんたい》がうしろむきになってしまいました。マオは、うしろむきのまま、顔だけダンディさんのほうをむいて、おしりからすすんできます。

「あちゃー」

ダンディさんは、意外《いがい》な展開《てんかい》に、にがわらい。たぶん、マオにとっては、車いすをおしながら前へすすむより、うしろにすすむほうが、楽だったのでしょう。

マオはうしろむきにすすむことをおぼえてしまい、ダンディさんが、あの手この手で前にすすませようとしても、すぐにくるりとうしろをむいてしまいます。

「おいおい、どうしてバックなんだ」

こまっているダンディさんをよそに、マオはとても楽しそう。

ダンディさんは頭をかかえてしまいました。

4　犬たちのきずな

（どうすれば、前むきに歩いてくれるかなあ。うしろ足を、もっときたえないとダメかなあ）

その夜、家に帰ってからも、ダンディさんはずっと考えていました。

マオはというと、ねそべっているアンの体に、ピョンとはねのぼっては、ずりずりとおしりからすべりおり、またはねのぼって、をくりかえしてあそんでいます。

ぼんやりとそれをながめているうちに、ダンディさんはいいことを思いつきました。

「そうだ！　すべり台だ！」

その翌日《よくじつ》、ダンディさんはさっそくベニヤ板《いた》で、はば四十センチメートル、長さ一メートルほどの小さなすべり台を作りました。坂《さか》の角度《かくど》はとてもゆるやかにして、車いすが横《よこ》からおちないように、板《いた》の両《りょう》がわには、わくがつけてあります。

これなら、車いすが自然《しぜん》に前にむかってすべりおりていくので、マオが前むきにすすむ練習《れんしゅう》になるはず――ダンディさんは、そう考えたのでした。

「さあ、マオ、ここをおりてごらん」

ダンディさんは、車いすにのったマオを坂《さか》の上において、そっと手をはなしました。

スルスル、キコキコ。

小さな音をたてて、車いすは、ゆっくりと坂《さか》を下っていきます。マオは自然《しぜん》にうしろ足をうごかしていて、いいかんじです。

ところが、車輪《しゃりん》のスピードが上がっていくと、マオは、それについていけずに、とちゅうでうしろ足をフレームの上に上げてしまいました。

「うーん、スピードが出すぎたな。もう一回やってみよう」

今度《こんど》は、ダンディさんが車いすに手をそえて、スピードを調整《ちょうせい》します。

まず、マオがうしろ足でふんばれるていどに車輪《しゃりん》のスピードをおさえ、それから、もう少し、もう少し、と手の力をぬいてスピードを上げていきます。

さいしょは、車輪《しゃりん》のスピードにあわせるのに『おっとっと』と、あせっていたマオですが、だんだん、うしろ足に力を入れるコツがわかってきたようでした。じょうずにふんばって、スピードに歩調《ほちょう》をあわせています。

「よし、坂《さか》をちょっとだけゆるくしてみるか」

坂《さか》の角度《かくど》がゆるくなると、車輪《しゃりん》はあまりころがらなくなるので、今度《こんど》は、マオが自力でけらないと、前にすすみません。

「おお、いい調子《ちょうし》だ。じゃあ、もうちょっと坂《さか》をゆるくして、と」

マオは、けんめいに、うしろ足でけっています。

「さあ、これでほとんど平《たい》らになった。歩けるかな？」

こうして、マオはうしろ足でけって前へすすむことになれ、すべり台の上を、前むきに歩けるようになっていきました。

でも、すべり台をおりると、やっぱり、うしろむき。

（まいったなあ……）

ダンディさんは、首をひねるしかありませんでした。

そんなある日。

「こんにちはー」

二ひきのチワワ――マオのきょうだいのフウと、お父さんのソラをつれたノブコさんが、ダンディさんのお店に入ってきました。

「ああ、ノブコさん。いらっしゃい」

「マオちゃん、がんばってますか？」

「うんうん。なぜかうしろむきだけど、歩いてますよ。まあ、見てやってください。こっちこっち」

ダンディさんがそう話している間にも、ソラとフウは、マオを見つけてかけよっていきます。

じつはこの二ひきも、ダンディさんのお店でトレーニングをうけていたので、マオと二ひきは、このお店でよくあそんでいたのでした。

けれど、車いすにのったマオに会うのは、はじめてのこと。

（マオが車いすにのってたら、こわがるかな？）

ダンディさんは、そんなことも考えましたが、いえいえ、二ひきは、そんなことはまったくおかまいなし。うれしそうに、マオのほうにかけていきます。

そのとき、

「あっ！」

ダンディさんは、思わず声を上げました。

マオが、しっぽを大きくふりながら、ソラとフウのいるほうへ歩こうとしていました。うしろ足で地面《じめん》をけって、前へ、前へ、ゆっくりと車いすはうごいています。

（そうか！）

ダンディさんは、大切なことに気がつきました。

車いすで前へすすむのに、いちばん必要《ひつよう》だったもの。それは、マオが自分から『そうしたい！』という強い気持《きも》ち。

(仲間《なかま》のところへいきたい。いっしょにあそびたい。その気持《きも》ちが、マオのパワーになるんだ!)

ダンディさんは、ノブコさんにたのんで、マオのトレーニングにソラとフウを参加《さんか》させてもらうようにしました。

以前《いぜん》トレーニングをうけていたソラとフウは、「マテ」と声がかかれば、おすわりしたまま、じっとしています。その二ひきのうしろに、車いすにのったマオをおき、少しずつ二ひきを前に歩かせると、マオは、おいつきたい一心で、うしろ足

に力をこめました。

（いけ！　いけ！）

ダンディさんのこぶしに力が入ります。

小さいときから、きょうだいたちと同じようにしたくて、いっしょにあそびたくて、一生けんめいだったマオ。

その気持《きも》ちは、ケイコさんが教えたわけでもないし、ダンディさんが教えたわけでもありません。

マオ自身《じしん》が、そうしたいから——。

（もうひとがんばりだ。マオ、もうひとがんばりだよ！）

夏が近づいて、日差《ひざ》しが強くなってきたある日のことでした。

ダンディさんは、お店の前にある原っぱにマオをつれていき、

「さあ、マオ、はじめようか！」

と、明るい声でいいました。

マオは、車いすにのってスタンバイ。

ダンディさんが少しはなれて、ニカッとわらいました。

「マオ、きょうはうれしい日になるぞ」

そのとき、どこからか声がしました。

「マオー」

すきとおった、きれいな声です。マオの大きな耳がピクピクッとうごきました。

そう。それは長い間会えなかった、だいすきなケイコさんの声。

マオは、目をキョロキョロさせて、ケイコさんをさがします。

すると、ケイコさんが木のかげから、ひょっこりとすがたをあらわしました。大きくうでを広げて、マオをよびます。

「マオ！　おいで！」

マオが、しっぽをブインブインとふりました。

『うれしい、うれしい、うれしい！』

声のかわりに、車いすがキコキコキコと音をたて、少しずつ前にすすみはじめました。

その先には、ケイコさんがなみだぐみながら、まっています。

「マオ!!」

ケイコさんは、ひっしに走ってきたマオを、車いすごとだきしめました。

太陽《たいよう》の光をあびて、マオの茶色い毛が金色にかがやいた瞬間《しゅんかん》でした。

エピローグ

「さあ、しゅっぱーつ」

心地よい風がふく、夏の朝。

ケイコさんとジュリとマリン、そして、車いすにのったマオ、みんなそろって、おさんぽのひとときです。

マオは車いすがだいすきになりました。さんざんのり回してつかれたら、

『いまは、きゅうけい』

そんな顔でケイコさんを見あげます。

ケイコさんは、のんびりと歩きながら、これまでの長い道のりを思いだしていました。

マオが生まれたとき、ケイコさんはなにより、マオが生きていけるか心《しん》

配《ぱい》でした。元気にそだっていくと、今度《こんど》は、みんなと同じようにできないことが、かわいそうになりました。はじめて公園につれていったときには、まわりの目がつらくて、このまま帰ろうかと思いました。

それでもマオは、その日その日を元気いっぱい、楽しそうに生きていました。

ケイコさんは、そんなマオに、どれほどはげまされたことでしょう。

「マオがいると、どうしてかな、まわりにいる人も犬も、みんな、やさしくなれるんです」

トレーニングがおわった日、ダンディさんは目じりにしわをよせて、そういいました。

(ほんとうにそうだわ……)

ケイコさんは、そっとほほえみました。

マオが車いすにのって歩いている。小さな体で、一生けんめいに、そして楽しそうに――。

ただそれだけのことなのに、出会っただれもが、やさしい笑顔《えがお》になる。

応援《おうえん》したくなる。わたしもがんばろうって、そんな気持《きも》ちになる。

目に見えないたくさんのものを、マオからうけとっている……。

(マオ、生まれてきてくれて、ありがとう)

ほうっといきをはきながら空を見あげると、白い雲がプカプカと、ならぶようにういていました。

あの大きな雲はわたし。

あれは、ジュリ。あれは、マリン。

そしてあれは、マオ。

どの雲も、くっついたり形をかえたりしながら、空をながれていきます。

みんないっしょに、ゆっくりと――。